推薦序

觸動靈魂的作品

從地理上來看，比利時是一個小國家，然而對世界的開放態度，使得她在某種程度上變得廣大無比。我們擁有非常強烈的身份認同，同時依然保持謙遜並廣泛接納其他的影響。這裡是創意的沃土。

我們說法語，但我們與法國人不同，我們也說荷蘭語和德語，不過與北部鄰居非常不同。同時，我們的首都布魯塞爾是如此地國際化，您會發現能懂得的語言愈多愈好，雖然沒有「比利時語」，但您一讀到就會知道這是「比利時」的。

但遠不及您手上這本書《什麼是人生？》，由比利時插畫家默德‧侯桀（Maud Roegiers）插畫，詮釋了法國歌手艾爾貝德（Aldebert）的知名歌曲之一（這首歌曾經活潑了我家族的許多汽車旅行！）。愛麗絲出版社（Alice Editions），是在海外宣傳兒童文學的出版社之一，旨在打開讀者的味蕾，以享用來自比利時印刷業的文化珍寶，追求的不是出版數量，而是能觸動靈魂的作品，就如同置身《愛麗絲夢遊仙境》一般。

您可以將它視為一本哲學書及一本藝術書。書中探索了簡潔卻深刻的存在主義問題，並以詩意的答案巧妙地開啟一場溫暖而豐富的對話。插畫非常美麗也相當有趣，跨出畫框的界線引導讀者遊走於敘事之外。書中甚至向比利時漫畫家埃爾熱（Hergé）的《丁丁歷險記》及其開創的「明晰線條」（ligne claire）風格致敬。

能送給孩子最好的禮物就是閱讀的樂趣。這就是《什麼是人生？》帶來的貢獻！

馬徹 Matthieu Branders
比利時台北辦事處處長

獻給 Malou，以及我們一起上台唱歌的時光，我們歌唱的那些畫面都在這本書裡。
—— Guillaume Aldebert

感謝 Guillaume 和 Jérôme 信任我，讓我為我深愛的這首歌增添色彩。
感謝我的哥哥 Antoine 的寶貴幫助，也感謝所有那些每天給予我無限愛意的人們，
他們是我真正的靈感泉源 :)
—— Maud Roegiers

作者｜艾爾德貝 (Aldebert)

全名紀雍・艾爾德貝（Guillaume Aldebert），1973 年 7 月 7 日生於巴黎，幼年隨父母移居至貝桑松（Besançon），在那裡完成學業。他自1990年代開始創作歌曲，歌詞喚起我們對童年的回憶，還有不總是理想的學校生活，他也喜歡歌頌懶散這種美德，他承認自己有「彼得潘症候群」。他是一位敏銳的觀察家，擅長以幽默、諷刺和童真的語氣描述我們的日常和社會。

繪者｜默德・侯桀 (Maud Roegiers)

在默德的筆記本裡，圖畫總是比文字多。這位來自比利時安登市（Andenne）的插畫家曾涉足特效造型和化妝的領域，最後還是專注於平面設計和插圖。她是三隻小雞的母親，擅長各種形式的兒童繪畫，畫過十幾冊兒童繪本。她也是家具品牌Elysta的共同創辦人和設計師。她使用水彩、鉛筆、拼貼、壓克力顏料或數位媒材進行創作。

譯者｜尉遲秀 (Xiu Waits)

1968年生於臺北，曾任記者、出版社主編、政府駐外人員，現專事翻譯，兼任輔大法文系助理教授。長期關注性別平權運動，於2017年與一群媽媽、爸爸共同創辦「多元教育家長協會」，推動性平、法治、環境、勞動等多元領域的人權教育。翻譯的繪本有《我是卡蜜兒》、《平行森林》、《學校有一隻大狐狸》、《花布少年》、《我和我的小傷疤》等八十餘冊。

什麼是人生？

文 / 艾爾德貝（Aldebert）

圖 / 默德・侯桀（Maud Roegiers）

翻譯 / 尉遲秀（Xiu Waits）

什ㄕㄣˊ麼˙ㄇㄜ是ㄕˋ音ㄧㄣ樂ㄩㄝˋ？

是ㄕˋ飄ㄆㄧㄠ著˙ㄓㄜ香ㄒㄧㄤ氣ㄑㄧˋ的˙ㄉㄜ聲ㄕㄥ音ㄧㄣ。

什麼是感動？

是靈魂閃閃發光。

什麼是讚美？

是一種看不見的親吻。

那ㄋㄚˋ回ㄏㄨㄟˊ憶ㄧˋ呢ㄋㄜ˙？

是ㄕˋ可ㄎㄜˇ以ㄧˇ吃ㄔ的ㄉㄜ˙往ㄨㄤˇ事ㄕˋ。

什ㄕㄣ麼ㄇㄜ是ㄕ無ㄨ憂ㄧㄡ無ㄨ慮ㄌㄩ？

是˙撒ㄙㄚˇ落ㄌㄨㄛˋ一ㄧˊ地ㄉㄧˋ的˙時ㄕˊ光ㄍㄨㄤ。

什麼是美好時光？

是你的手在我的手裡。

什麼是熱情？

是準備出發
的夢想。

那ㄋㄚˋ仁ㄖㄣˊ慈ㄘˊ呢ㄋㄜ˙？

是ㄕˋ天ㄊㄧㄢ使ㄕˇ對ㄉㄨㄟˋ自ㄗˋ己ㄐㄧˇ發ㄈㄚ出ㄔㄨ的ㄉㄜ˙邀ㄧㄠ請ㄑㄧㄥˇ。

什ㄕㄣˊ麼˙是ㄕˋ希ㄒㄧ望ㄨㄤˋ？

是ㄕˋ幸ㄒㄧㄥˋ福ㄈㄨˊ在ㄗㄞˋ等ㄉㄥˇ待ㄉㄞˋ。

那ㄋㄚˋ彩ㄘㄞˇ虹ㄏㄨㄥˊ呢ㄋㄜ˙？

是ㄕˋ一ㄧ座ㄗㄨㄛˋ活ㄏㄨㄛˊ的ㄉㄜ˙紀ㄐㄧˋ念ㄋㄧㄢˋ碑ㄅㄟ。

什ㄕㄣˊ麼ㄇㄜ˙ 是ㄕˋ 長ㄓㄤˇ 大ㄉㄚˋ ？

是ㄕ製ㄓ造ㄗㄠ一一次ㄘ又ㄧㄡ一一次ㄘ的ㄉㄜ
第ㄉㄧ一一次ㄘ。

那童年呢？

是溫柔穿著睡衣。

可是爸爸， 什麼是人生？

小可愛， 你看，
人生有點像是所有這些的總和，
特別是你。
人生， 就是你。

什么麼是懊悔？

是遊蕩的幽靈。

那ㄋㄚˋ例ㄌㄧˋ行ㄒㄧㄥˊ的ㄉㄜ˙工ㄍㄨㄥ作ㄗㄨㄛˋ呢ㄋㄜ˙？

是ㄕˋ褪ㄊㄨㄟˋ了ㄌㄜ˙色ㄙㄜˋ的ㄉㄜ˙渴ㄎㄜˇ望ㄨㄤˋ。

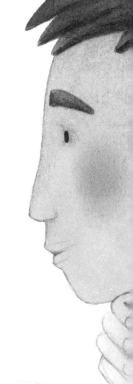

什ㄕㄣˊ麼ㄇㄜ˙是ㄕˋ最ㄗㄨㄟˋ重ㄓㄨㄥˋ要ㄧㄠˋ的ㄉㄜ˙事ㄕˋ？

就ㄐㄧㄡˋ是ㄕˋ要ㄧㄠˋ永ㄩㄥˇ遠ㄩㄢˇ相ㄒㄧㄤ信ㄒㄧㄣˋ。

那_{ㄋㄚˋ}記_{ㄐㄧˋ}憶_{ㄧˋ}呢_{ㄋㄜ}？

是_{ㄕˋ}心_{ㄒㄧㄣ}裡_{ㄌㄧˇ}的_{ㄉㄜ˙}一_{ㄧˋ}幅_{ㄈㄨˊ}畫_{ㄏㄨㄚˋ}。

什ㄕㄣ麼ㄇㄜ是ㄕ微ㄨㄟ笑ㄒㄧㄠ？

是ㄕ風ㄈㄥ在ㄗㄞ船ㄔㄨㄢ帆ㄈㄢ裡ㄌㄧˇ。

那ㄋㄚˋ詩ㄕ歌ㄍㄜ呢ㄋㄜ˙？

是⁷捕ˇ捉ˊ星ㄒ星ㄒ的ˉ網ˇ。

什麼是冷漠？

是沒有色彩的生活。

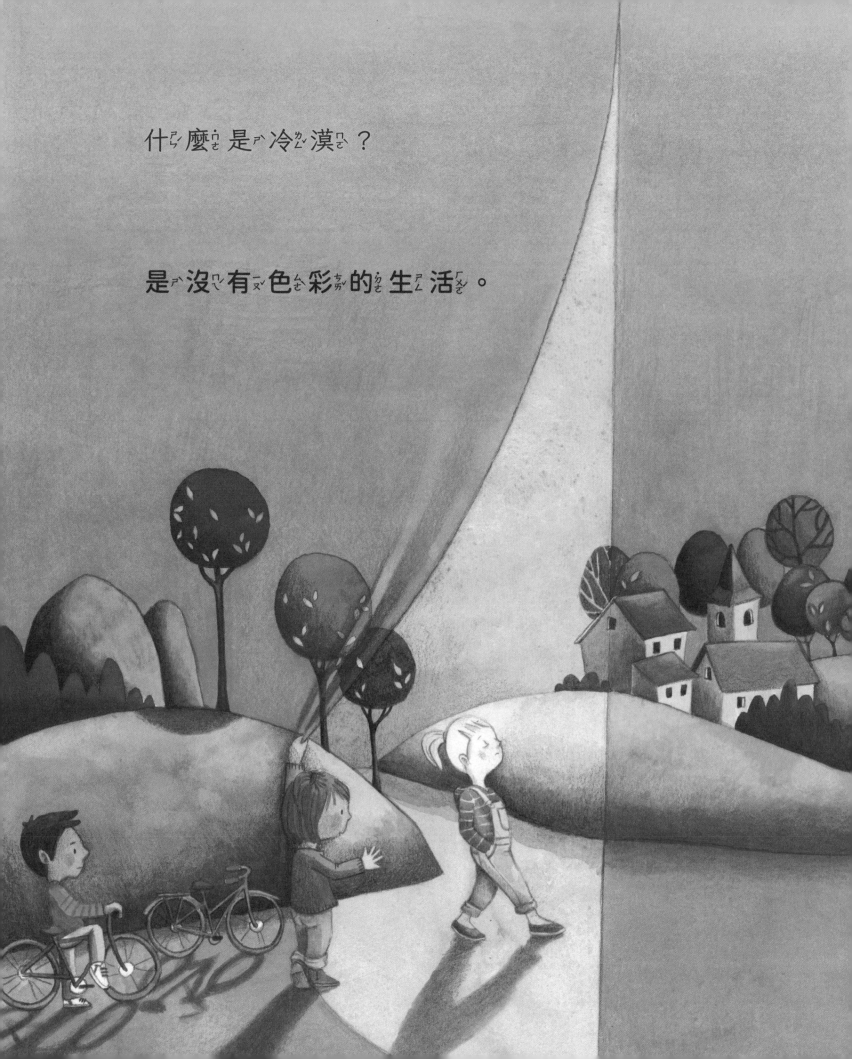

什麼是種族歧視？

是心裡的一種脆弱。

什ㄕㄣˊ麼ㄇㄜ˙是ㄕˋ友ㄧㄡˇ誼ㄧˋ？

是ㄕ一ㄧ座ㄗㄨㄛ寶ㄅㄠ藏ㄘㄤ滿ㄇㄢ滿ㄇㄢ的ㄉㄜ島ㄉㄠ嶼ㄩ。

什ㄕㄣ麼ㄇㄜ是ㄕ逃ㄊㄠ學ㄒㄩㄝ？

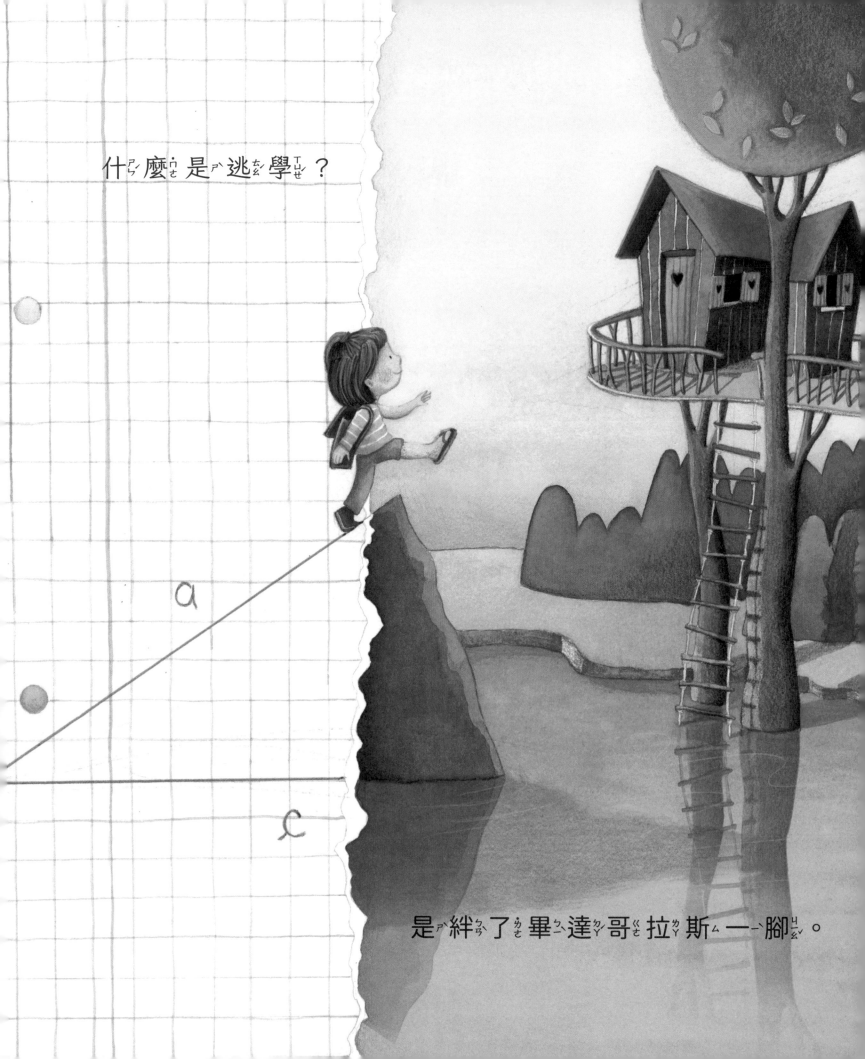

a

c

是ㄕ絆ㄅㄢ了ㄌㄜ畢ㄅㄧ達ㄉㄚ哥ㄍㄜ拉ㄌㄚ斯ㄙ一ㄧ腳ㄐㄧㄠ。

什麼是智慧？

是《丁丁在西藏》*。

什麼是幸福？

是ㄕ把ㄅㄚˇ握ㄨㄛˋ現ㄒㄧㄢˋ在ㄗㄞˋ不ㄅㄨˋ然ㄖㄢˊ就ㄐㄧㄡˋ永ㄩㄥˇ遠ㄩㄢˇ沒ㄇㄟˊ有ㄧㄡˇ。

可是爸爸，　什麼是人生？

小可愛，　你看，
人生有點像是所有這些的總和，
特別是你。

中文版

編者的話

以詩意回應孩子的童真提問

法語的「La vie c'est quoi？」其實同時指涉兩者：「什麼是人生？」「什麼是生命？」若把句子放到Google翻譯，還跑出了「生活是什麼？」的版本。生活、生命、人生這三個中文含義略有差異的詞語，其實不就是構成一個人（「你」）的整體嗎？你過著怎樣的「生活」？你的「生命」價值是什麼？你活出了怎樣的「人生」？這些如此基本和核心的哲學問題，實在值得在孩子開初向大人提問時，就以一種孩子最能理解的語言去回答。

那孩子最能理解的語言是什麼呢？沒錯，就是詩化的語言！因為譬喻、轉化、象徵等修詞技巧構成的意象，這由文字營造出的腦內畫面，可以直接讓孩子掌握抽象的哲學概念，使之可視化，甚至藉五感的描寫，令孩子可以聽見、可以聞到、可以品嚐、可以觸摸，如此構建出孩子對萬事萬物的基礎認知，是優雅的、是美麗的，是值得對人生有所期盼和嚮往的，由此更能孕育出對人生、生命和生活的熱愛與熱情！

感謝本書作者艾爾德貝（Aldebert）寫出了如此優美的詩歌，以詩化的語彙言簡意賅地回應了孩子具童真的提問，幫助家長在不知道如何面對孩子一次又一次突如其來對生命的探詢時，找到了最適切而溫暖的答案。也感謝畫家默德·侯桀（Maud Roegiers）以斑斕而具創意的畫作，使孩子更容易掌握抽象的哲學概念，享受在想像的空間裡隨意遊走。當然更要感謝尉遲秀老師，以優美的文筆把這本既有深度也滿有童趣的法語繪本，譯成緊貼原著而又能觸摸華語讀者心靈的中文版本。最後必須多謝比利時出版社 Alice Editions 對希望學的信任，把這優秀繪本的繁體中文版權委託予我們出版發行。

一本好的繪本，不同年齡的讀者總能在當中找到屬於他們各自的解讀與答案。《什麼是人生？》絕對是一本值得珍藏，並一再細讀的繪本佳作。

什麼是人生？　La vie c'est quoi?

作者｜艾爾德貝（Aldebert）
繪者｜默德・侯桀（Maud Roegiers）
翻譯｜尉遲秀（Xiu Waits）
責任編輯｜吳凱霖
執行編輯｜吳凱霖、謝傲霜
編輯｜陸悅
封面設計及排版｜Jo
出版｜希望學／希望製造有限公司
印製發行｜秀威資訊科技股份有限公司
總經銷｜聯合發行

原版以法文出版，書名為｜La vie c'est quoi?
作者｜艾爾德貝 （Aldebert）
繪者｜默德・侯桀（Maud Roegiers）
版權所有 © 2022 Alice Editions，比利時

希望學

社長｜吳凱霖
總編輯｜謝傲霜
地址｜臺北市大同區民生西路 404 號 2 樓
電話｜ 02-2546 5557
電子信箱｜ hopology@hopelab.co
Facebook｜ www.facebook.com/hopology.hk
Instagram｜ @hopology.hk

出版日期｜ 2024 年 7 月
版次｜第一版
定價｜ 380 新台幣
ISBN｜ 978-626-98257-4-5（精裝）

國家圖書館出版品預行編目 (CIP) 資料

什麼是人生 ?/ 艾爾德貝 (Aldebert) 文；默德 . 侯桀 (Maud Roegiers) 圖；
尉遲秀翻譯 . -- 第一版 . -- 臺北市：希望學 . 希望製造有限公司 , 2024.07
　面；　公分
譯自：La vie c'est quoi?
ISBN 978-626-98257-4-5(精裝)
1.SHTB: 心理成長 --3-6 歲幼兒讀物
881.7598　　　　　113009140